Über Kunst und Liebe

О УМЈЕТНОСТИ И ЉУБАВИ

Engelsdorfer Verlag

Leipzig

2022

Für Snežana

За Снежану

Er formte Worte
Und sie gewannen
Oberhand gegen die Gewalt. (P. V.)

Stričići, Oktober 2010

Обликовао је речи
и оне су добијале
руку победе над насиљем. (П. Ф.)

Стричићи, октобар 2010

Vorwort

Peter Völker und sein literarisches Schaffen habe ich dank unserem gemeinsamen Freund Stevan Tontić kennengelernt. (Die Freunde meiner Freunde sind auch meine Freunde.)

Stevans Auswahl aus dem poetischen Gesamtwerk von Peter Völker ist eine glänzende, den Lauf der Zeit abbildende Kompilation, sie zeigt die Reise des Dichters von seinen Anfängen in der Poesie bis heute: „Die Kunst und die Liebe … sie müssen dir begegnen ... in deinem tiefsten Innern“.

Peter Völker spricht über den Trojanischen Krieg als reinkarnierter Held der griechischen Antike, als Beteiligter: „Die Erde bebt noch immer / von den Schlachten / um eine schöne Frau; / in den Frühlingswassern / des nahen Skamander / aufgewühltes Kriegerblut gelöst."

Seine Saga von Agamemnon und Kassandra nimmt ein gutes Ende – wie es sich gehört für einen, der in den Peloponnes und in Mykene verliebt ist, wo er inspiriert singt und schreibt und sich zu Hause fühlt.

Liebe, die er erfahren hat, dauert in seinem Herzen ewig fort, und er hütet sie dankbar als Kostbarkeit und Talisman:
„Da springst du wieder in die Weite / Befreit jetzt du und ich und doch vereint / Wir rennen barfuß Seit' an Seite".

Naturbilder in seinen Gedichten sind pastellfarben, ruhig, wie fließendes Wasser atmen sie die stille Freude des Daseins und tragen das Elixier der Nachdenklichkeit in sich:
„Der schrille Mond hängt / Frisch gebadet in den Bäumen / Von Himmelswassern reingewaschen."
„Mein Weg nun frei zu Sommerauen, / Wo lichtdurchströmt die Freude wird geboren. / Da nimmt mich Unbekanntes an die Hand."

Die Auswahl Stevans aus Peters Poesie und die kongeniale serbische Nachdichtung reihen Peter Völker ein unter die deutschen Dichter, die man kennen sollte.

Dr. Vladja Bakić-Milić, Dichterin aus Frankfurt am Main

Предговор

Петера Фелкера и његово књижевно стваралаштво упознала сам захваљујући Стевану Тонтићу, нашем заједничком пријатељу. (Пријатељи мојих пријатеља су и моји пријатељи).

Овај Стеванов избор из целокупног поетског опуса Петера Фелкера је сјајна компилација-времеплов песниковог путовања од почетка певања до данас: „Уметност и љубав те морају срести ... у твојој најдубљој нутрини“.

Петер Фелкер, као реинкарнирани грчки антички јунак пева о тројанском рату као његов актер: „Земља се још увијек тресе / од бојева / око једне лијепе жене; / и прољећним водама / блиске ријеке Скамандера / узровашена ратна крв“.

Његова сага о Агамемнону и Касандри је са срећним завршетком, како и приличи заљубљенику у Пелопонез и Микену, где надахнуто пева и пише и осећа се као код своје куће.

Доживљена љубав у његовом срцу је вечна и он је захвално чува као драгоценост и амајлију:
„Ти тада поново одскочиш у даљину / Ослобођено ти и ја али сједињено / Трчимо босоноги осећајући близину“.

У његовим песмама слике природе су пастелне, смирене, одишу тихом радошћу постојања, са еликсиром мисаоности, као вода која тече:
„Мјесец виси над честаром / Свјеже окупан, изоштртен зрачи / Небеским водама опран, убав“.
„Мој несметан пут ка љетном кутку / гдје светлосне радости се роде. / Узев ме за руку незнано ме зове“.

Овај Стеванов избор Петерове поезије и конгенијални препев на српски језик сврстава Петера Фелкера у релевантне немачке песнике.

Др. Влађа Бакић-Милић, песникиња из Франкфурта

Ein Nachruf

Für Stevan Tontić, gestorben am 12. Februar 2022

Stevan, dieser wunderbare Freund, ist gegangen, hinterlässt Spuren und neue unberührte Wege zugleich. Sein Tod reißt ein Loch auch in mein literarisches Leben, aber umso größer wird der Park in meiner Seele sein, den ich für ihn angelegt habe. Seine poetische Handschrift brennt noch immer klagende und jauchzende Worte in die Zeit.

Für mich war er ein Brunnen auf dem Balkan, um den meine Gedanken und Gefühle in der Ferne tanzten. Über seinen Wassern schweben nun all die Bilder meiner Reisen nach Bosnien und Herzegowina, wo ich so oft in glänzende und traurige Augen schaute. Diese Augen-Blicke haften noch immer auf mir.

Snežana, seiner Ehefrau, der ich mein Beileid sende, und ihm habe ich so viel zu verdanken, was mich berührte und ich zuvor nicht kannte. Ich lasse es nun los und dennoch lebt es in mir weiter. In der Nacht nach seinem letzten Tag war mir, als flöge ich über die „Schlangenberge“ und löste mich auf. Danke für Alles. In einem Gedicht schrieb ich einst an den Ufern des Vrbas: „Nichts ist vergänglich, was geliebt wird.“ Alles wird gut.

Euer Peter, Gründau, Februar 2022

Некролог

Стевана Тонтића, који нас је напустио 12.02.2022

Стеван, тај дивни пријатељ, отишао је, оставивши у исто време утабане и нове нетакнуте путеве. Његова смрт је оставила велику рупу и у мом књижевном животу, али зато ће бити већи парк у мојој души, који сам му јуче засадио. Његов поетски рукопис гори јецајући тужне речи у времену.

За мене је он био балкански извор, око којег су моје мисли и осећања плесала у даљини. Над његовим рекама сада трепере слике свих мојих путовања у Босну и Херцеговину, где сам тако често виђао светле и тужне очи. Ти упечатљиви погледи су још увек у мени.

Снежани, његовој супрузи упућујем најдубље саучешће! Имам много да захвалим Стевану. Поклонио ми је пуно тога што ме дирнуло, а што раније нисам познавао. Сада све то пуштам, иако ће све и даље живети у мени. У ноћи, после његовог последњег дана, осечао сам се као да летим изнад „змијских планина“, и нестајем. Хвала на свему. У својој песми написао сам на ушћу Врбаса: „ништа није пролазно што се воли“.

Све ће бити у реду.

Ваш Петер, Грундау, фебруар 2022.

Peter Völker und Stevan Tontić auf einer Lesung der serbischen Kulturinstitution „Brankovo kolo“ zu deren 50. Jubiläum im September 2021.

Петер Фелкер и Стеван Тонтић на књижевној вечери српске културне манифестације „Бранково коло“, поводом 50-те јубиларне године постојања, у септембру 2021 г.

Stevan Tontić und Peter Völker lesen im Gymnasium in Sremski Karlovci (Serbien).

Стеван Тонтић и Петер Фелкер читају у гимназији у Сремским Карловцима (Србија).

Über Kunst und Liebe

Die Kunst und die Liebe
wirst du nicht finden,
solange du sie suchst.
Sie müssen dir begegnen,
draußen am Fluss und
in deinem tiefsten Inneren.
Aus der Kunst und der Liebe
kannst du keinen Gewinn machen.
Sie sind unverkäuflich.
Du kannst etwas Wunderbares versäumen,
wenn du sie nicht zulässt, die Kunst und die Liebe,
die Einheit mit dem dahinfließenden Wasser,
die Nähe zu geliebten Menschen.
Kunst und Liebe sind eine Lüge,
wenn sie nicht gelebt und erlebt werden.
Nie erfüllen sie sich nur
in Worten oder Gedanken.
Sie verfestigen sich in den Gefühlen,
den Taten, in den Farben und Formen,
den Details des Alltags der Liebenden
auf der frisch bemalten Leinwand.
Kunst und Liebe sind unvergänglich.
Nichts ist vergänglich, was geliebt wird.

О умјетности и љубави

Умјетност и љубав
нећеш наћи
све док их тражиш.
Оне те морају срести
напољу на ријеци и
у твојој најдубљој нутрини.
Из умјетности и љубави
не можеш правити никакву добит.
Не могу се продавати.
Можеш нешто дивно пропустити
ако их не допустиш, умјетност и љубав,
јединство са отичућом водом,
блискост са вољеним људима.
Умјетност и љубав су лаж
ако нису живљене и доживљене.
Никад се не испуњавају само
у ријечима и мислима.
Оне се учвршћују у осјећањима,
чиновима, бојама и облицима,
детаљима свакодневице љубавника,
на свјеже осликаном платну.
Умјетност и љубав су неролазне.
Ништа није пролазно што се воли.

Poesie und Musik

Im Literarischen Colloquium
nahe der Pfaueninsel
diskutierten ein Moderator,
eine Literaturkritikerin,
ein Musikvirtuose und ein
philosophischer Lyriker
über die Grenzen zwischen
und Übergänge von
Musik und Poesie.
Vom Zauber der
Schönen Künste in der
menschlichen Seele
sprachen die Gebildeten,
gebaren und interpretierten
Ideen und Standpunkte
auf dem Podium vor
geladenem Publikum.
Zungen und Ohren
betört vom Erdachten
im Kunstraum
am Wannsee.
Nicht vorstellbar,
wenn Poesie nur Worte
und Musik nur Töne
wären im Weltall.

Поезија и музика

У Литерарном Колоквијуму*
близу Острва паунова
дискутовали један модератор,
једна књижевна критичарка,
један музички виртуоз и један
филозофски лиричар
о границама
и прелазима
између музике и поезије.
О чаролији
лијепих умјетности
у људској души
говорили су образовани,
рађали и интерпретирали
идеје и гледишта
на подијуму
пред позваном публиком.
Залуђеном измишљеним
у умјетничком простору
на Ванзеу.
Незамисливо је
да поезија само ријечи,
да музика само тонови
буде у свемиру.

*мисли се на Literarisches Colloquium Berlin (прим. прев.)

Über die traurige Geschichte der Philosophie

Zwischen rastlosem
Werkeln nahm ich
ein Werk über die Geschichte
der Philosophie aus dem Regal
mit auf meine Reisen und
folgte einer Denkspur
über die Jahrtausende.
Welche Neugier auf die
nächste Seite und Achtung
vor den Zeitgeistern
entfaltete mir der Stoff.
So vergaß ich fast meine
mir bestimmten Aufgaben
der Gegenwart.

Doch zur Mitte des Buches
stieg eine erdrückende
Ahnung von Leere
in mir auf, von
Blatt zu Blatt des
Philosophenbaumes.
Und ich litt mit den
Ergründern des Sinns
unseres Vagabundenlebens.

Den Tränen nahe war ich
zum Ende des Buches hin,
traurig, fast hoffnungslos.

Am Punkt höchster
erlesener Denkdichte
aber klarte der Horizont
auf vor meinen Augen;
das Geschriebene verblasste,
und ich fühlte Stille
und wusste, dass etwas
Verborgenes in mir ist,
das gelebt werden will.
Als ich so bei mir war
in dunklen Gewässern,
wehte mir ein heller
Wind entgegen; und
ich setzte Segel
ins Ungewisse.

О трагичној историји филозофије

Између неуморних
дјелања узех са собом
из регала
на своја путовања
једно дјело о историји
филозофије
и слиједих траг мишљења
кроз тисућљећа.
Какву ми радозналост за
наредну страницу и штовање
према духовима времена
развијаше та грађа!
Тако готово заборавих
своје вријеме с одређеним
задацима садашњости.

Али око средине књиге
подизаше се
с листа на лист
дрвета филозофâ
заглушујућа слутња
о празнини у мени.
И ја патих са
истраживачима смисла

нашег скитничког живота.
Бијах близу да заплачем
на крају дјела,
тужан, скоро безнадежан.

Но у тачки највише,
пробране мисаоне густине
избистри се хоризонт
пред мојим очима,
написано изблиједи,
те осјетих
тишину у себи и
знах да нешто скривено
пребива у мени,
што хоће да се живи.
Кад дођох тако себи
у водама тамним,
дуну према мени
бистар неки вјетар,
те стадох да једрим
у неизвјесно.

Wilde Stille

Da ist ein Zauber in den Frühlingsstunden,
Der Ruhe und Gelassenheit entfacht,
Der wilde Stille in die Tage streut.
Ich spür die Lust, die Stille zu erkunden.
Mein Denken, Fühlen in die neue Zeit erwacht,
Die Mühsal meines Lebens festgetäut.

Mein Weg nun frei zu Sommerauen,
Wo lichtdurchströmt die Freude wird geboren.
Da nimmt mich Unbekanntes an die Hand.
In diesem Augenblick wächst wieder Urvertrauen.
Ich glaubte schon, es sei im Lebensfluss verloren.
Die Schritte wieder lustvoll und gewandt.

Дивља тишина

Ту је чаролија прољетних сати
Која мир и опуштеност буди,
И дивљу тишину посије у дане.
Желим ову тишину упознати.
Мисао, чувство изнова се буди,
Ороси муке мог живота знане.

Мој несметан пут ка љетном кутку,
Гдје светлосне се радости роде.
Узев ме за руку, незнано ме зове.
Расте правовјерност у томе тренутку.
Вјеровах већ, живот ли преброде,
У веселе и спретне кораке нове.

Frühe Stunde

Nie zuvor lag in der frühen Stunde
Solch ein Hoffen auf die weite Reise
Nichts entweicht dem stillen Munde
Selbst die Vögel zwitschern heute leise

Meine Augen schauen scheu in mich hinein
Und seh'n dein Bild in mir verborgen
Erweckt die Schatten nun zu wahrem Sein
Verflogen sind die mitgebrachten Sorgen

Da springst du wieder in die Weite
Befreit jetzt du und ich und doch vereint
Wir rennen barfuß Seit' an Seite
Das Vergangene in uns bleibt unbeweint

Und als der frühe Abend uns berührt
Weht uns ein wilder Wind entgegen
Sind wir vom wachen Augenblick verführt
Bereit und frei auf unsren neuen Wegen

Рани час

Никад прије није током раног часа
Толико наде било у пут у даљине
Ништа се из мирних уста не гласа
Чак и цвркут птица данас тихо мине

Моје очи плашљиво ме унутра гледе
И виде твоју слику скривену у мени
Сјене ли се за истинско биће разбуде
Испарили су се немири донесени

Тада ти поново одскочиш у даљину
Ослобођено ти и ја али сједињено
Трчимо босоноги осјећајућ близину
Оно прошло оста у нама неоплакано

А кад нас рано вече додирне и у том
Неки дивљи вјетар дуне према нама
Заведени смо једним будним трентутком
Спремни и слободни на новим путевима.

Tagzug nach Zagreb

Herbstlich fliegt der Wald vorbei,
Eingewoben in des Nebels Kleid;
Krähen huschen durchs Geäst.
Tief in mir ein wilder Schrei,
Mahnt mich an gelebtes Leid,
Doch die Freude hält mich fest.

Lenkt die Blicke auf das Draußen,
Lässt mich deine Nähe hoffen.
Mit dem Flügelschlag der Zeit
Mein Verlangen hör' ich brausen.
Über Schienensträngen bin ich offen,
Öffne dir die Seelentüren weit.

Ratternd treibt der Zug mich weiter.
Still, ganz still, bin ich mit dir versunken,
Lausche längst vergessenen Gefühlen.
Hoffnungsstrom wird breit und breiter.
In mir leuchten ferne Freudenfunken,
Die an diesem trüben Herbsttag glühen.

Nach den Schätzen, die das Leben mir vergönnt,
Über Tälern, Bergen, Wassern, Fluren,
Liegt verborgen in der Reise Stunde
Ein Geheimnis und die Fackel brennt,
Trotzt den fremd gestellten Uhren,
Und ich spüre deinen Frauenmund.

Дневни воз за Загреб

Пролијећу шумски предјели јесењи,
Одјевени у хаље маглиње;
Грањем шмугне понека врана.
Дивљи крик дубоко у мени,
На проживљени бол опомиње,
Ал’ моја је радост постојана.

Погледе ми управља напоље,
Даје ми наду: блиска си, чекаш,
С ударним времена крилом
Чујем како ми кипе жеље,
Отворен сам преко колосијека,
Отвори врата душе широм.

Носећ ме даље воз тандрче,
Тихо, баш тихо, ти и ја потопљени,
Ослушнем давно замрла осјећања,
Ријека ме наде све шира вуче,
Сјај далеких искри радости у мени –
Жар сред тмурног јесењег дана.

Након блага што живот ми подари,
Врх долина, брда, вода, пољана,
У часу путовања скривено је
Нешто тајно, а буктиња се жари
Упркос сатовима туђих страна,
И осјећам женске усне твоје.

Nachtzug nach Zagreb

Gefühle, nicht länger eingeschlossen
In des Verstandes schrecklichem Verlies,
Sie reisen süchtig durch die Nacht.
Begierde aus der Seele ausgegossen
Auf eine unsichtbare blumenpralle Wiese,
Verliert sich summend unter Sternenpracht.

Ich wünschte mir zu dieser späten Zeit,
Die Fernweh mir ins wunde Herz gelegt,
Dein waches Wesen wäre im Abteil.
Du wärest dicht an mich geschmiegt bereit,
Zu schweigen, das Innere nur bewegt,
Die Zeit vergessen und still die Nacht geteilt.

Um Mitternacht zieh'n Berge auf,
Von Nebeln eingehüllt die Täler.
Der Schlaf, die Träume kehren ein
Und bauen uns ein ruhig Haus,
Ganz ohne Sorgen, ohne Fehler.
Im Schlummer fühl' ich wahres Sein.

Und als der Morgen an die Scheiben fliegt,
Die Fremde ihren wilden Reiz verschwendet,
Soll nichts, nein, nichts mehr sein wie einst.
Das Traurige in uns ist längst besiegt.
Es ist die Reise, die die Liebe spendet,
Und nicht das ferne Ziel, das uns vereint.

NACHTZUG NACH ZAGREB

2010 ©

21
E♭
E♭
E♭
KLAV.
MP
24
SOUNDS
MF
F
26
Cm
Cm
Cm
29
C
C
C7
MP
32
RIT. . . .
BMAJ7#11
P

Ноћни воз за Загреб

Осјећања, не дуже затворена
У пећину разума страшну,
Она помамно кроз ноћ језде.
Пожуда из душе изливена,
На тајну ливаду, цватњом издашну,
Губи се зујећ под сјајем звијезде.

Желио бих у ове касне часе,
Срца рањеног тугом за даљином,
Твоје будно биће у купеу да је.
Да привијем те тик уза се,
Да ћутиш, узбуђена само нутрином.
Ноћ тихо подвојена за вријеме не хаје.

Око поноћи се брегови издигну,
Долине маглом умотане.
Спавање, снови увратиће
Да за нас миран дом подигну,
Безбрижан сасвим и без мане.
Дремљући осјећам истинско биће.

А када јутро кроз окна забијели,
Незнанка проћерда своју драж дивљу,
Не, ништа бити неће ко некад што би.
Нашој смо тузи давно одољели.
Путовање је то што дарује љубављу,
А не циљ далеки што нас споји.

Serbische Lyrik

Serbischer Lyrik lauschte ich
Im Café Liebfrauenberg zur
Deutschen Buchmesse.
Durch den Gastraum taumelten
Verdichtete Gedanken.
Ich verstand keines der Worte,
aber ich fühlte im Äther einen
fröhlichen, humanen Geist.

Српска лирика

Српску лирику слушао сам
у Кафеу „Liebfrauenberg“ током
њемачког сајма књиге.
Кроз простор за госте
тетурале су згуснуте мисли.
Не разумјех ниједну ријеч,
али сам у етеру осјећао
радостан, људски дух.

Weißt du noch?

Erinnerst du dich noch?
Unser Hotel in Wien?
Ein ganz normales Hotelzimmer
Aber voll von unserer Zärtlichkeit.
Draußen, hinter den Hotelfenstern
Wiener Frühling.
Drinnen in uns, eine nie gekannte Jahreszeit.
Beseelt, zugeneigt, liebend.
Dieses ganz normale Hotelzimmer ausgefüllt
Mit uns.

Weißt du noch,
Wie wir erregt die Rosengemälde
Über unseren Wangen betrachteten?
Wie Rosengedichte Rilkes
Beäugten sie uns,
Nahmen teil an unseren Stunden.
Sie hatten Flügel,
Die Rilke-Rosen.

Wir haben die Fenster nur gekippt
In unserem Hotelzimmer.
Wir wollten ihre Flügel nicht öffnen,
Weil wir Angst hatten,
Unser Frühling könnte entweichen.
Wir hatten nur diese Frühlingstage,
wollten ihn nah an uns binden
Unseren Wiener Frühling.
Taumelnde Strandläufer waren wir,
Die keine Fensterflügel ausbreiten konnten.

Weißt du noch,
Wie nah wir uns waren
In diesem ganz normalen Hotelzimmer?
Vielleicht so nah wie noch nie zuvor,
Wie wir uns einließen auf uns,
Ohne jede Furcht und Scham.

Weißt du noch,
Wie wir auf der Couch im Hotelfoyer saßen
Am Ende unser Wiener Tage
Als die nächsten Gäste
Den Schlüssel für unser Zimmer erhielten;
Wie traurig wir waren,
Dass es nicht mehr unser Zimmer war,
Dass die Neuen nun die Fenster kippten,
Auf unseren Laken lagen,
Mit ihren Augen die Rosenflügel sahen,
Mit ihrer Haut,
Mit ihrer Sehnsucht
Unsere Stunden verwischten.

Weißt du noch,
Wie traurig wir waren?
Es war doch unser Hotelzimmer,
Unsere Nähe gewesen.
In diesem Hotelzimmer,
In diesen Frühlingstagen
Hatten sich unsere Seelen
Für einen Augenblick vereint.

Знаш ли још

Сјећаш ли се још?
Наш хотел у Бечу?
Сасвим нормална хотелска соба,
Али пуна наше њежности.
Напољу, иза хотелских прозора,
Бечко прољеће.
Унутра, у нама, неко никад упознато
Годишње доба.
Прожето душом, склоно нам, које воли.
Ова сасвим нормална хотелска соба
Испуњена нама.

Знаш ли још
Како смо узбуђено посматрали
Слику ружа изнад наших образа?
Гледале су нас
Као Рилкеове пјесме о ружама,
Учествовале у нашим часовима.
Имале крила
Рилкеове руже.

Прозоре смо само отварали „на кант“
У нашој хотелској соби.
Нисмо хтјели отварати њихова крила,
Јер смо страховали
Да би нам прољеће могло умаћи.
Имали смо само ове прољећне дане,
Хтјели смо блиско везати с нама
Наше бечко прољеће.
Били смо тетурави тркачи обалом
Који нису могли раширити прозорска крила.

Знаш ли још
Колико смо били међусобно блиски
У овој сасвим нормалној хотелској соби?
Можда тако блиски као још никад прије,
Како смо се препустили сами себи
Без икаквог страха и стида.

Знаш ли још
Како смо сједили на каучу хотелског фоајеа
На крају наших бечких дана,
Кад су сљедећи гости
Добили кључ наше собе,
Како смо тужни били,
Да више није била наша соба,
Да су сад новајлије отварале прозоре „на кант“,
Лежале на нашим чаршафима,
Гледале својим очима крила ружа,
Својом кожом,
Својом чежњом
Наше сате избрисале.

Знаш ли још
Како смо тужни били?
Била је то ипак наша хотелска соба,
Наша близина
У овој хотелској соби.
У овим прољећним данима
Наше су се душе
За тренутак сјединиле.

Blutmond

Ach, du, geheimnisvoller Mond,
Genährt aus Milch und Blut.
Am eis'gen Wintermorgen,
Sendest du uns Kraft und Mut,
Vertreibst die letzten stillen Sorgen,
Entfachst uns neue Lebensglut.
Poesie geboren, für dich vertont.
Und als dein alter Glanz entfacht,
Sich spiegelt in meinem Gesicht
Beginnt der Tag, vergeht die Nacht
Im winterlichen Morgenlicht.

Крвава луна

Ах ти, тајанствена луно,
Млијеком и крвљу храњена,
У зимско јутро хладно,
Дајеш нам снаге и охрабрења,
Потпаљујеш нови животни пламен,
Рођена поезија за те се компонује
И над твој стари сјај плане
На моме лицу он станује.
Почиње дан, ноћи нестане,
У зимском свануђу снује.

Berlin im Herbst

Nach Herbst
riecht es
am Ufer des
Lietzensees,
Todesduft versprühen
gefallene Blätter,
sanft schwingt sich
Nebel durchs Gezweig.

Eine große Wunde
im Herzen der Stadt
wird geschlagen.
Tag und Nacht
vermischen sich
unter Scheinwerfern
im Getöse
der Erdwunde.

Stahlgerippe wurzeln in
preußischer Geschichte,
Steinpilze wuchern.
Arbeiter träumen von
fernen Gestaden.
Ein Kind schreit
in die Zukunft.

„Die Natur braucht
die Menschen nicht,
aber die Menschen
brauchen die Natur“,
sprühten Bewegte
auf den Bahnsteig
S-Bahn Friedrichstraße.
Im Kreischen
der Schienen
verliert sich
ein letzter Falkenruf.

Берлин у јесен

На обали језера
Лицен
мирише
на јесен,
из опалог лишћа
мирис смрти бије.
Магла се благо
диже кроз грање.

Велика се рана
задаје
самоме срцу града.
Дан и ноћ
мијешају се
пред рефлекторима
у тутњу
земљине ране.

Челични костури
укорјењују се
у пруској историји,
бујају вргањи.
Радници сањају
о далеким обалама.
Једно дијете испушта крике
у будућност.

„Природи нису
потребни људи,
али јест људима
потребна природа",
просипаху узрујани
на перону
станице Фридрихштрасе.
У цврчању
шина
губи се
посљедњи зов сокола.

Nachts im Tiergarten

Der schrille Mond hängt
Frisch gebadet in den Bäumen
Von Himmelswassern reingewaschen.
Verstand an alter Ulme aufgehängt,
Die Stöpsel aufgemacht den Träumen,
Entweicht die Liebe blauen Flaschen.

Ноћу у Тиргартену*

Мјесец виси над честаром,
Свјеже окупан, изоштрен, зрачи,
Небеским водама опран, убав.
Разум објешен на бријешћу старом,
За снове извађени запушачи,
Плавим боцама умиче љубав.

*Tiergarten је средишњи кварт Берлина. (прим. прев.)

Istanbul

Kontinente begegnen, küssen sich,
die Lippen meeresfeucht.
Bollwerke verschiedenen Glaubens
nur einen Steinwurf getrennt.
In Menschenmassen suchen
Menschen ihren Weg
für sich selbst und die Anderen.
Möwen belachen das Schauspiel
der Götter und der Menschen
im Flugspiel um Minarette.

Истанбул

Континенти се сусрећу, љубе,
уснама влажним од мора.
Бедеми различитих вјера,
одвојени тек толико
да каменом добациш.
У људским масама траже
људи свој пут
за саме себе и за друге.
Галебови се смију игри
богова и људи
играјућ се лéта око минарета.

Nacht in Patras

Wie ein Funke Freude
Huscht das wilde Leben
Durch die warme Nacht
In der ich nichts vergeude
In mir ein wundersames Beben
Nur von mir gefühlt nicht erdacht

Möwen schweben überm Meer
Beseelt von grenzenloser Freiheitssucht
Locken mich zu fernen Reisen
Die alten Jahre wiegen schwer
In dieser stillen Lebensbucht
Gilt es nichts mehr zu beweisen.

Ноћ у Патрасу

Као искра радости, плам,
Дивљи живот нечујно шмугне
Кроз топлу ноћ
У којој ништа не расипам
У мени неки чудноват потрес
Испуњен оним што му дам.

Понад мора лебде галебови
Опијени безграничном слободом,
Маме ме на далека путовања
Старе године су отежале
У животном затону гдје све мирује
Нема више ништа да се доказује.

Winter in Athen

Nasse Winterstürme
umbrausen Akropolis,
die Schöne, nachts,
übertönen Stadtlärm.

Keinen Einhalt
gebieten ihnen
die Geister im
Turm der Winde.

Menschen huschen
durch Gassen
zu wohligen Tavernen,
sich und ihre Stadt
zurückerobernd.

In der Agora
wimmern Winterkatzen
und zottelige Hunde
auf Platons Spuren.

Tausend Stühle,
gleichförmig ausgerichtet,
warten auf
nackte Schenkel.
Ferner Rembetiko
lockt zum Tanze.

Зима у Атини

Зимске олује с кишом
хује око Акропоља,
љепотама, ноћу,
нагласавајући градску буку.

Не заустављају их
духови
у торњу вјетрова

Људи пролијећу
улицама
ка пријатним тавернама,
поново освајајући
себе и свој град.

На Агори
цвиле зимске мачке
и шепави пси
на Платоновим траговима.

Хиљаду столица
једнако постављених
чекају на
гола бедра.
Из даљине рембетико
позива на плес.

Troja

Die Erde bebt noch immer
von den Schlachten
um eine schöne Frau;
in den Frühlingswassern
des nahen Skamander
aufgewühltes Kriegerblut gelöst.

Aber heute hat sich der Herbst
wie ein schützendes Tuch,
aus Nebeln gewebt,
über die Festung und
die Ebene gelegt und
verschenkt einen
friedlichen Zauber.

Eine Hyazinthe im Mauerritz
und eine reife Frucht der Samteiche
mahnt zur Einkehr und Heimkehr.

Троја

Земља се још увијек тресе
од бојева
око једне лијепе жене;
и прољећним водама
блиске ријеке Скамандера
узровашена ратна крв.

Али се данас јесен
исткала као заштитна тканина
од магле,
положена преко тврђаве
и равнице, па поклања
мирољубиву чар.

Хијацинт у прорезу зида
и зрео плод сомотског храста
опомињу на улазак и повратак кући.

Trojanische Erkenntnis

Es ist klüger und reizvoller,
sich von einer schönen Frau
entwaffnen zu lassen,
als um sie Schlachten
zu schlagen.

Тројанско сазнање

Паметније је и дражесније
дати се разоружати од једне
лијепе жене
него се због ње
тући.

Agamemnon und Kassandra in Lakonien

(Auszüge aus dem Lyrikzyklus)

Агамемнон и Касандра у Лаконији

(фрагменти из поеме)

Kriegsbeute

Den Körper geschunden,
doch das Haupt mit
Lorbeeren bekränzt,
segle ich, Agamemnon,
zurück in die Heimat.
Im Schiffsbauch
reiche Beute,
Gold und Frauen
aus Troja, führe
ich mit mir.

Möwen gleiten
längsseits des Schiffes
über Morgenblau,
krächzen sehnsüchtig.
Boten meines Landes?
Und das Meer
teilt sich am Bug,
gebiert glitzernde
Schaumkronen über
unendlichen Wassern.

An Deck richten
treue Gefährten, rauhe Gestalten,
das Tauwerk.
Dumpfer Donnerschlag
des Steuermanns und
Stöhnen der Ruderer
verletzten den Morgen.
Ruderblätter blitzen
indessen zur Freude
der Delphine.

Kassandra, nackt
zu meinen Füßen,
träume ich dem
neuen Tag entgegen,
bewacht und behütet
von ihren Blicken.
Im Erwachen
nehme ich die Weißhäutige
unter meine Decke.
Still gibt sich hin die Seherin.

Ратни плијен

Нагрђеног тијела,
но с ловоровим
вијенцем на глави,
пловим ја, Агамемнон,
назад у завичај.
У трбуху брода
богат плијен,
злато и жене
из Троје водим
са собом.

Дужом страном брода
по јутрарњој плавети,
чежњиво кричећ
клизе галебови.
Вјесници моје земље?
И море се дијели
на кљуну лађе,
рађа свјетлуцаве
круне пјене
на водама бескрајним.

На палуби
вјерни друзи, ликови груби,
управљају једрима.
Ту удар кормилара
и стењање веслача
повређује јутро,
док лопатице весала
бљескају
на радост делфина.

С голом Касандром
поред ногу,
ја сањам у сусрет
новоме дану,
чуван и заштићен
њеним погледима.
При буђењу
узмем бјелопуту
испод свога покривача.
Мирно се подаје пророчица.

Schlafwächterin

Zur Wächterin der Nacht
erkoren bin ich.
Mein schwarzes Haar
legt sich auf
blasse Schultern,
ihm zu gefallen.

Morgenwind bläst
durch die Luken.
Bringt er das
Ende des Leidens?
Trägst du mich,
Schwester Hoffnung,
zu gastlichen Ufern?

Meine Zehen spielen
im Fell, das
ihn wärmt, und
mein Blick ruht auf
dem Helden;
narbenübersät, doch
edel in den Zügen
sein Antlitz.

Du erwachst,
Mann, hungrig
nach Speisen
und Lust,
berührst meine Hände
in der Schale
voller Oliven
am Bettrand.
Nimmst dir beides,
Früchte und mich.
Ich weine
nicht hörbar
in deinen Armen,
ungefragt erobert.

Сночуварка

За ноћну сам чуварку
одабрана.
Моја црна коса
налијеже на
блиједа рамена,
њему за љубав.

Јутарњи вјетар
дува кроз оканца.
Доноси ли он
крај страдања?
Носиш ли ме ти,
сестро надо,
ка гостољубивим обалама?

Моји ножни прсти
играју у крзну
које га грије и
мој поглед почива
на јунаку;
презасићеном ожиљцима,
његово је лице
ипак племенито.

Будиш се,
мушко, жељно
јела
и весеља,
додирујеш ми руке
у посуди
пуној маслина
на рубу кревета.
Узимаш обоје,
мене и плодове.
Ја плачем
нечујно
у твојим рукама,
освојена без питања.

Im Lager

Klamme Zeltluft
atmete ich Höriger
der Macht.
Regen prasselte
auf entweihtes Land.
Draußen in der Ebene
mischte sich Menschenblut
mit fruchtbarem Lehm
und Exkrementen
streunender Hunde
und Muttererde
gebar Entsetzen.

Gestank von Toten
strich an
mein Lager.
Verfaulte da Ruhm
auf Trojas Feldern.

Blut, Schlamm,
verkrustete Wunden
zeichneten die Freunde,
und ich lechzte nach Rache
über neun Jahre lang.

Der Frauen leises Stöhnen
auf den Fellen der Krieger
war nicht gezeugt
in Liebe.
Im Weinrausch
verletzten die Kämpfer
die Herzen der Frauen,
zuvor geraubt
auf Weizenfeldern.

Eines Tages kämpfte ich
vor Trojas Gemäuer.
Sieben Feinde
erschlug ich.
Mitten im Getöse
der Schlacht
nahm ich
eine Göttin wahr
auf dem Steinwall.

Für einen Moment
vergaß ich den Kampf
und suchte
ihre Augen, doch
sie verschwand.

Des Achilleus
geliebte Briseis
zitterte ängstlich
auf meinem Nachtlager.
Gewaltsam entführt,
wagte sie
nicht Gegenwehr.
Achilleus, der Betrogene,
wehklagte entsetzlich
in seinem Zelt,
dem Wahnsinn nahe.
Ich jedoch dachte
an die Schöne
auf der Mauer.

У логору

Влажан зрак
удисах, ја, роб
ноћи.
Киша пљушташе
по обесвећеној земљи.
Напољу, на заравни,
људска крв мијешала се
с плодном глином
и екскрементима
паса луталица,
а мајка земља
рађаше ужас.

Смрад мртвих
обојио
мој логор.
Сагњи ли ту слава
на пољима Троје?

Крв, блато,
скрастане ране,
обиљежише пријатеље,
а ја преко девет година
за осветом жудих.

Тихо стењање жена
на кожама ратника
не рађаше се
у љубави.
У винском заносу
борци повређиваху
срца жена,
претходно отетих
са пшеничних поља.

Једног се дана борих
пред зидинама Троје.
Седам непријатеља
убих.
Усред тутњаве
битке
богињу једну
спазих
на бедему од зида.

За тренутак
заборавих битку
и тражих
очи њене, али
нестаде она.

Ахилова
вољена Брисеида
дрхташе преплашена
на мом ноћном лежају.
Насилно отета,
не осмјели се
на самоодбрану.
Преварени Ахил
ужасно јадиковаше
у шатору своме,
лудилу близак.
Ја ипак мишљах
на љепотицу
на зиду.

Пред Тројом, међутим,
чекаше
грозна смрт
на пријатеље
и непријатеље.

Liebesgefühle

Schutzlos gibst du dich
den Träumen hin,
ruhmreicher Feldherr.
Macht nur der Schlaf
die Männer
zu Menschen?
Du bebst vor Angst
und ich sehe
die Zeichen
auf deiner Haut.
Ich wünschte mir,
sie hätten nicht verletzt
dein Inneres.

Was siehst du
hinter den Lidern
im Schlafe?
Träumst du, Gebieter,
von schrecklichen Taten?
Verlangt Iphigenie,
die treue Tochter,
deine Vaterliebe?

Deine Hand,
im Tragen der
Waffen erprobt,
zittert in
der meinen.
Bist du es, der
Schrecken von Troja,
oder lebt in dir
noch der Jüngling aus
unbeschwerten Tagen?

Du erschlugst mein Volk
und meine Lieben
und dennoch
verzeih ich dir,
weiß nicht warum.

Lege ab, Kämpfer,
die Waffen in dir
und begehre mich
als Mann,
nicht als Räuber.

Erinnere dich
an die Stunde,
als sich unsere
Blicke kreuzten
vor Troja.
Am Ende deines Schlafes
erwartet dich Liebe.

Љубавна осјећања

Незаштићен се предајеш
сновима,
славни војсковођо.
Чини ли само сан
мушкарце
људима?
Тресеш се од страха
и видим
ожиљке
на твојој кожи.
Жељела бих
да ти нису
повриједили душу.

Шта видиш
иза очних капака
у сну?
Сањаш ли, господару,
о дјелима страшним?
Тражи ли Ифигенија,
вјерна кћи,
очинску твоју љубав?

Твоја рука,
у ношењу оружја
опробана,
дрхти
у мојој.
Јеси ли ти тај
ужас од Троје
ил' у теби још
живи младић
из неоптерећених дана?

Побио си мој народ
и моје драге,
а ја ти ипак праштам,
не знам зашто.

Положи, борче,
оружје у себи,
и пожели ме
као мушкарац,
не као разбојник.

Сјети се
оног часа
кад нам се погледи
укрстише
пред Тројом.
На крају твог сна
очекује те љубав.

Vision

Es lösen sich
die Schatten
von den Körpern,
schreiten mir
durchs wache Auge.
Ach, ihr Götter,
zum Wohle
der anderen
schenktet ihr mir
die Sehkraft.
Zeigt ihr mir nun
eigenes Schicksal?

Wo bin ich
hinter der Stirn
gelandet nur?
Sind's nicht Mykenes
Trutzmauern im
fahlen Abendlicht,
die mir erscheinen?
Nie war ich dort,
und doch ist vertraut
mir die Stätte.

Herren und Sklaven
tummeln sich geschäftig
in der Feste
zum Wohle des
stolzen Geschlechts.

Goldene Ketten
schmücken Frauenhälse
und Ringe
die Finger,
verzierte Dolche
die Gürtel
der Männer.
Kinder, ungestüm,
beleben die Gassen.

Götter, wo ist
die Arglist
meiner Träume?
Gutes zu sehen
war nicht vergönnt
bisher Kassandra.
Führt ihr Geschickelenker
ein böses Spiel
mit eurer Dienerin?

Kassandra, lausche,
einmal vergönnt
noch ist dir
der Blick in
ferne Zeiten.
So spricht Apoll, der
Strahlende, der
einst verliebt in
seine Dienerin
die Sehkraft
ihr verlieh.
Jetzt, da du
Agamemnon zugeneigt,
soll's meine letzte
Botschaft sein für
dich, du Schöne.

Für ihn und
dir zum Wohle
das Wissen nutze,
nicht um des
Volkes Willen.

Kehre nicht heim
mit Agamemnon
nach Mykene,
behüte ihn vor
eig'nem Hause.

Klytämnestra ist's,
die ihn verraten wird
an Ägistos' Schwert,
zum eigenen Vorteil.
Kehrt er zurück,
wärmt nimmer ihn
der traute Herd
noch das Schafsfell,
in der Jugend gehäutet.
Blut fließt gen
Tiryns, Heldenblut.

Und wie sie spricht,
die Götterstimme,
die fremden Bilder ziehen fort.
Der helle Tag
hat wieder mich.
Am Bug steht Agamemnon.

Визија

Раздвајају се
сјенке
од тијелâ,
пролазе ми
кроз будно око.
Ах, ви, богови,
подарите ми
снагу вида
за добробит
других.
Да сопствену ми
сад покажете судбу?

Гдје ли сам само
доспјела
иза чела?
Нису ли то моћне
зидине Микене
што јављају ми се
у бљутавом вечерњем свјетлу?
Никад не бијах тамо,
а мјесто ми је
ипак блиско.

Господари и робови
ревно послују
у утврђењу
за добробит
поносног рода.

Златни ланци
украшавају женске вратове,
а прстење
прсте,
украшени бодежи
мушке
појасеве.
Обијесна дјеца
оживљавају улице.

Богови, гдје је
лукавство
мојих снова?
Видјети што је добро
не бјеше досад
суђено Касандри.
Кормилари судбина, водите ли
опаку игру
са слушкињом својом?

Касандра, ослушни,
још једном ти је
приуштен поглед
у далека времена.
Тако збори Аполон,
који сја, који
негда у своју
слушкињу заљубљен,
подари јој вида моћ.
Сада, пошто си
Агамемнону наклоњена,
нека ти је ово
посљедња порука,
љепотице.

За њега и
за своје добро
користи то знање,
не народа
ради.

Не враћај се
са Агамемноном
кући у Микену,
сачувај га
од властитог дома.

Клитемнестра је та
која ће га издати
Егистовом мачу
за сопствену корист.
Врати ли се назад,
никад га огријат
неће огњиште драго,
ни овчје крзно
у младости скинуто.
Крв ће пасти ка
Тиринту, јуначка крв.

И како он говори,
тај глас богова,
одвлаче се стране слике.
Ево ме опет
усред бијела дана.
На прамцу Агамемнон стоји.

Liebeserwachen

Von Mykene,
meiner Geliebten,
träumte ich die
letzte Nacht.
Vergessene Jugend
schenkte mir der Schlaf.

Und doch war
mir fremd die
heimische Erde.
Mein Weib fand ich
nicht in ihren Gemächern.
Niemand sprach zu mir,
grüßte mich nach
all den Jahren.
Unbeachtet ging ich
über die Plätze.

Am Mast lehnt Kassandra
in sich versunken
und in mir wächst
ein seltsames Gefühl.
Noch ängstlich, zögernd,
steigt es auf in mir,
dem Waffenerprobten.

Љубавно буђење

О Микени,
вољеној мојој,
сањах
посљедње ноћи.
Заборављену младост
подари ми сан.

А ипак ми
страна би
земља завичајна.
Жену своју не нађох
у њеним одајама.
Нико са мном не прозбори,
не поздрави ме
након свих тих година.
Неопажен
по трговима ходих.

На јарбол ослоњена Касандра
потонула у се,
а у мени чудан
осјећај расте.
Још плашљив, колебљив,
успиње се у мени,
оружју вичном.

Warnung

Agamemnon, Herr,
ich warnte Troja einst
vor sicherem Tod.
Niemand glaubte
meiner Sehkraft.

Du stahlst mich
nicht aus Neigung,
entführtest mich
aus Fleischeslust.
Ich legte mich
zu dir aufs Lager,
und pflegte
deine Narben.
Mein Groll verlor sich
Stund’ um Stund’.

Ich wagte nicht
zu hoffen auf
deinen Glauben.
Nie glaubte je
ein Mensch, was
prophezeite ich.

Ich fleh' dich an
mein stolzer Herr,
vertraue mir in
dieser Stunde.
Mein Mund soll
ewig schweigen,
wenn Wahrheit nicht
entspringt den Lippen.
Dein eig'nes Weib
im blühenden Mykene
dein Leben will beenden.
Den Mordplan schmiedet
an Aigisthos Seite sie.

Geh' nicht zurück
zum Ehelager.
Bau dir ein Haus
an fremdem Ort,
wenn's Dir gefällt,
an meiner Seite.

Опомена

Агамемноне, господару,
ја некад Троју опомињах
на сигурну смрт.
Нико не повјерова
у моју видовњачку моћ.

Ти ме украде
не из наклоности,
отео си ме
тјелесне насладе ради.
Легох уза те
на одморишту
и његовах
ожиљке твоје.
Моја кивност губила се
из часа у час.

Не усуђујем се
да се надам
у твоју вјеру.
Никад нико није
повјеровао у оно
што пророковах.

Преклињем те,
поносни мој господару,
повјеруј ми
у овом часу.
Нека моја уста
заувијек заћуте
ако ми са усана
истина не потече.
Твоја сопствена жена
У цватућој Микени
хоће твој живот да докрајчи.
Она кује план убиства
на Егистовој страни.

Не враћај се
у брачну ложницу.
Подигни себи дом
на туђем мјесту,
ако ти се свиђа
на мојој страни.

Glaube

Was sprichst du,
schöne Seherin?
Seh' ich nie wieder
mein Mykene
nach all den
grausamen Jahren?
Vor Troja noch
hätte ich erschlagen
dich für solche Worte.

Was treibt mich
dir zu glauben jetzt?
Und doch – nun, da die Haare
mir ergraut, verlier' ich
den Verstand.
Ist's deiner Augen
trauriges Licht,
das mich verzaubert?

Kassandra, höre,
holdes Weib, das
Schiff ist voll von
Gold und Speisen!
Lass gründen uns
an neuen Ufern
eine Heimstatt.
Ich spüre Hoffnung
auf ein zweites Leben.

Ich kenn' ein Tal,
mit süßem Wasser reich beschenkt,
nicht weit vom Meer.
Als Kind schon weilte ich zufrieden
an jenem Ort.
Dort lass uns Zwei
den ersten Ölbaum
in die Erde setzen.

Вјера

Шта то говориш,
лијепа пророчице?
Да никад више не видим
моју Микену
након свих тих
година грозних?
Могао сам те
још пред Тројом
убит за такве ријечи.

Шта ме нагони
да ти сад повјерујем?
А ипак – пошто ми, ето,
коса сиједи,
губим разум.
Је ли то тужни сјај
очију твојих
које ме очаравају?

Слушај, Касандра,
умиљата жено,
брод је пун
злата и јестива!
Оснујмо за нас
на новим обалама
породично уточиште.
Указује ми се нада
у један други живот.

Знам једну долину
богату слатком водом,
недалеко од мора.
Задржавао сам се већ као дијете
задовољан на томе мјесту.
Посадимо себи тамо
двије прве маслине
у земљу.

Über den Dichter Peter Völker

Der deutsche Gegenwartsdichter Peter Völker wurde 1949 in einer schönen kleinen Stadt bei Frankfurt geboren, wo er auch jetzt lebt. Er hat viele Gedichte und Prosawerke verfasst, auch Kinderbücher.

Peter hat sich im Leben mit unterschiedlichen Arbeiten befasst, lange war er Referent der deutschen Mediengewerkschaft, er hat auch selbst Medien geschaffen, ebenso Unterstützungsfonds für sie. Gewöhnlich nennt man ihn einen großen Reisenden und Menschenfreund, und unterwegs in Zügen sind viele seiner Gedichte entstanden. Oftmals haben sie Gelegenheitscharakter, und ab und an sind sie Gesprächspartnern des Dichters gewidmet. Das Land, das er am meisten bereist hat, ist Griechenland – von griechischen mythologischen Helden aus Homers Dichtungen handeln drei seiner Werke. Aus dem Gesang oder Poem *Agamemnon und Kassandra in Lakonien* haben wir für diese Auswahl von Peters Lyrik mehrere Fragmente entnommen, in denen die Gabe des Dichters, die antiken und mythologischen Geschichten zum Leben zu erwecken, Ausdruck findet. In diesem Gesang ist das tragische Schicksal der Helden von Troja dargestellt – einerseits das des griechischen Heerführers Agamemnon, andererseits das seiner Gefangenen Kassandra, der trojanischen Prophetin, die nicht einmal von den eigenen Landsleuten in ihrer Stadt verstanden worden war. Agamemnon hat sie jetzt verstanden: weil ihm am Hof von Mykene Klytämnestra und Ägisth nach dem Leben trachten, wird er für sich und seine neue Liebe ein Haus an einem friedlichen Ort am Meer bauen.

Neben den Gedichten über Agamemnon und Kassandra sind in diese kleine Auswahl aus Peters Lyrik noch Werke aus anderen Sammlungen von ihm eingegangen, die da heißen *Landungsbrücken,*

Flutwasser und Apfelblüten, *Lebensstromsterne* oder *Dünengras und Blutmond* (gemeinsam mit Svjetlana Đurić).

Das jüngste Vorhaben, das dieser unruhige und unternehmungslustige Dichter sich ausgedacht und umgesetzt hat, trägt den Titel *LebensLichtSpuren* (2021). Es ist ein experimentelles Buch, in dem eine iranische und eine brasilianische Autorin sowie ein Kollege aus Österreich ihre mit Peter verbundenen Lebensgeschichten veröffentlicht haben.

In den letzten Jahren besuchte Peter außer Griechenland auch mehrmals Bosnien (Sarajewo und vor allem Banja Luka), im vergangenen Jahr war er mit Freuden beim „Brankovo Kolo“ zu Gast. Und gelegentlich organisiert Peter literarische Veranstaltungen in seiner Heimat, da ihm freundschaftliche Begegnungen mit Dichtern Vergnügen bereiten.

S. T.

О песнику Петеру Фелкеру

Савремени немачки песник Петер Фелкер (Peter Völker) рођен је 1949 у једном лијепом градићу близу Франкфурта у којем и данас живи. Аутор је већег броја поетских и прозних дела те књига за децу.

Петер се у животу бавио разним пословима, дуго је био референт синдиката немачких медија, неке медије је и оснивао, као и фондове солидарности с њима. За њега се обично каже да је велики путник и пријатељ људи, а многе своје песме написао је у возовима. Оне често имају пригодан карактер, а каткад су посвећене песниковим саговорницима. Земља у коју је најчешће путовао јест Грчка – грчким митолошким јунацима из Хомерових спевова посветио је три своја дела. Из спева, или поеме *Агамемнон и Касандра у Лаконији*, узели смо у овај избор Петерове лирике више фрагмената, у којима је дошао до изражаја песников дар оживљавања древних и митолошких прича. У овом спеву осликана је трагична судбина тројанских јунака – овде самог грчког војсковође Агамемнона, те његове заробљенице Касандре, тројанске пророчице коју њени суграђани нису разумели. Агамемнон ју је сад разумео: пошто му, по њој, на двору у Микени Клитемнестра с Егистом ради о глави, он ће за себе и своју нову љубави подићи дом на једном мирном месту близу мора.

Поред песама о Агамемнону и Касандри, у овај невелики избор из Петерове поезије укључени су стихови из других његових збирки, као што су: *Landungsbrücken, Flutwasser und Apfelblüten, Lebensstromsterne* или *Dünengras und Blutmond* (заједно са Свјетланом Ђурић).

Најновије дело које је овај немирни и предузимљиви песник осмислио и реализовао са још троје аутора, зове се *Трагови животне светлости* (2021). То је експериментална књига у којој су своје животне приче, здружене с Петеровим, објавили једна иранска и једна бразилска књижевница те један колега из Аустрије.

Осим у Грчку, Петер је последњих година више пута посетио и Босну (Сарајево и посебно Бању Луку), а прошле године гостовао је, с радошћу, и на „Бранковом колу“. И Петер повремено организује књижевне догађаје у свом завичају, уживајући у песничким дружењима.

С. Т.

Stevan Tontić

Zu einem literarischen Experiment

Die allmenschliche Sprache der Poesie

(Davon, wie Poesie die Menschen von Grenzen, Vorurteilen und Konventionen befreit, und vom Lyrikübersetzen)

Zu dem Buch „LebensLichtSpuren", Engelsdorfer Verlag, Leipzig, 2021

Poesie ist die Muttersprache des menschlichen Geschlechts.

(J. G. Hamann)

Vielleicht hatte auch mein Freund Peter Völker den Gedanken Johann Georg Hamanns, den ich als Motto für diese Aufzeichnung genommen habe, im Sinn, als er auf die Idee eines gemeinsamen, experimentellen literarischen Projekts von vier Autoren kam, in dem viele kurz beschriebene Szenen aus dem Leben eines jeden von ihnen miteinander verflochten sind. Das Werk heißt *LebensLichtSpuren.* Von den vier Autoren sind zwei weiblich und zwei männlich, und so kam es in diesem Werk auch zu „experimentellen" männlich-weiblichen poetischen und stilistischen Kreuzungen. Da sie sich von früher her kannten, glaube ich nicht, dass es irgendwelche Missverständnisse gab, und dabei ist es gleichgültig, dass sich ihre Biografien, bezogen auf voneinander entfernte Sprachen und Kulturen, unterscheiden. Doch ihre literarischen Ideen scheinen sich gegenseitig anzuziehen. Und wenn Poesie eine Muttersprache ist, was die Ursprache der Menschheit bedeutet, dann ist sie zugleich die Sprache eines natürlich ermöglichten, einfachen Verständnisses unter den Menschen, eine Sprache, die alle Grenzen zwischen ihnen überwindet. Wir könnten auch sagen – eine allmenschliche Sprache. Aber die Poesie ist kein „Esperanto", sie verbindet die Menschen nicht mit denselben (künstlich konstruierten), sondern mit verschiedenen, aber übersetzbaren Worten und Metaphern. Oder anders ausgedrückt: Sie verbindet sie durch die gleichen oder ähnlichen Gefühle, die ein bestimmter poetischer Text auch in den Übersetzungen in ihre Sprachen hervorruft.

Die Namen und wahren Identitäten der Autoren dieses Buches werden – nach ihrer gemeinsamen Idee – erst am Ende, in einem separaten Anhang, enthüllt. Vielleicht erschafft der Leser in seiner Vorstellung einige neue, synthetisierte Charaktere und Autorenidentitäten, um erst nach der Lektüre die wirklichen mit ihren Herkunftsländern zu entdecken: Peter Völker (Deutschland), Nahid Ensafpour (Iran), Viviane de Santana Paulo (Brasilien) und Erwin Matl (Österreich).

Vielen großen und bedeutenden Dichtern ist es gelungen, die Grenzen ihrer eigenen Kultur zu überschreiten. Sie überwanden sie durch Erweiterung und Offenheit ihres Verständnisses, und im wörtlichen Sinne des Wortes auch dank der Übersetzungen ihrer Werke in Fremdsprachen. Der geniale persische Philosoph, Sufi-Mystiker und Dichter Mevlana Jalaluddin Rumi sagte unter anderem: „Wenn eine Kerze eine andere anzündet, verliert sie nichts von ihrem Licht." Dank der Übersetzungen in viele Sprachen hat Rumi selbst nichts verloren, er hat sowohl in seiner eigenen als auch in fremden Kulturen an Größe gewonnen. Das weltweite Denken und die Literatur wurden durch die Entdeckung seines Werks sehr bereichert. Er wird nicht nur von Iranern und Muslimen gelesen und geschätzt, sondern auch von Menschen, die anderen Nationen und Religionen angehören.

Victor Hugo schrieb: „Der Bereich der Poesie kennt keine Grenzen. (...) Poesie ist der innerste Kern aller Dinge." Manchmal wird die Poesie, in Übereinstimmung mit diesem Satz von Hugo, als das „Salz der Literatur" bezeichnet. Und ein Essen ohne Salz ist nicht besonders schmackhaft.

Es ist bekannt, dass Goethe sich sehr für andere Sprachen und Kulturen interessierte. Er beschäftigte sich auch mit serbischer (epischer) Volksdichtung, schrieb Rezensionen über sie, und er übersetzte die bekannte Ballade „Hasanaginica" ins Deutsche: Der „Klaggesang der edlen Frauen des Asan Aga" ist ursprünglich in serbischer Sprache entstanden. Es ist ein schönes und trauriges Lied über eine sehr unglückliche muslimische Frau aus Bosnien und Herzegowina. Noch bekannter ist seine Beschäftigung mit dem Orient und dem Islam, wovon insbesondere sein Werk *West-östlicher Divan* zeugt, entstanden nach der Lektüre orientalischer Gedichte des persischen Dichters Hafiz Shirazi. So näherten sich durch den größten deutschen Dichter unterschiedliche Kulturen und geistige Traditionen einander an und kreuzten sich auf fruchtbare Weise. Goethe wusste, dass keine Landessprache und keine Kultur alle Weisheit der Menschheit enthält – daher sind gegenseitiges Kennenlernen und eine Annäherung stets willkommen.

Die Poesie lebt sicherlich am vollkommensten in der Sprache, in der sie geschaffen wurde, hier atmet sie aus voller Lunge, aber sie lebt auch in guten Übersetzungen oder Übertragungen in Fremdsprachen. Somit erweitert sie sich in konzentrischen Kreisen um ihr Zentrum, und sie überwindet die Grenzen zwischen verschiedenen Sprachen und Kulturen. Die beachtlichsten Kreise in ihrer Verbreitung wurden von großen Dichtern erreicht, von denjenigen, ohne die auch Goethes „Weltliteratur" schwer vorstellbar ist. Die größten, beinahe allumfassenden Kreise der Poesie-Verbreitung bildeten sich um die Namen Homer und Pindar, Li Tai Po, Vergil und Ovid, Chayyām, Rumi und Hafiz, Dante, Villon, Shakespeare und Milton, Goethe und Hölderlin, Puschkin, Mickiewicz und Njegoš, Whitman und Emily Dickinson, Baudelaire und Rimbaud… Und dann Kavafis, Rilke, Valéry und Eliot, Pasternak und Marina Zwetajewa, Lorca,

Neruda, Borges sowie andere Koryphäen der Weltliteratur. Eine große poetische Bedeutung haben auch Volkslieder (mündlich überlieferte) wie *Mahabharata*, *Kalevala*, das *Nibelungenlied*, das *Igorlied* oder serbische Heldenlieder. All diese Lieder und Gesänge tragen in sich die Eigenschaften des Klimas, der Völker und der Sprachen, in denen sie entstanden waren, aber zugleich überschreiten sie diese Bestimmungen mit ihrem universellen Geist und Verständnis des menschlichen Schicksals. Als Muttersprache der Menschheit ist die Poesie Ausdruck der generischen Essenz des Menschen. Und weil die Menschen aller Hautfarben, aller Völker, Sprachen und Religionen zur Art des Homo sapiens gehören, teilen sie auch unweigerlich alle wesentlichen Eigenschaften dieser Art. Das bedeutet ebenfalls, dass sie sich untereinander verstehen können, zumindest durch eine übersetzerische Mediation. Und wenn sie ihr Bestes geben, um Neues und Anderes kennenzulernen und anzunehmen.

Zugegeben, einer der größten deutschen Dichter des 20. Jahrhunderts, Gottfried Benn, behauptete, die Lyrik sei eben genau das, was man nicht übersetzen könne. Das ist eine radikale Aussage. Sicherlich gibt es unübersetzbare sprachliche Ausdrücke und sprachliche Spiele, schwer oder nicht übersetzbare Gedichte einzelner Autoren mit einer äußerst besonderen Ausdrucksweise. So ein Autor war zum Beispiel ein anderer deutscher Dichter, Paul Celan, ein Dichter osteuropäisch-jüdischer Abstammung, der eine sehr hermetische, schwer verständliche Lyrik verfasste. Und trotzdem, seine „Todesfuge" wurde in viele Sprachen übersetzt und überall als große Poesie über den Holocaust wahrgenommen.

Ich denke, dass fast jedes gute literarische Werk – ob Lyrik in gebundenen oder freien Versen oder lyrische, narrative und essayistische Prosa – in eine andere Sprache übertragen werden kann. Wenn auch ein wenig in der Übersetzung verloren geht (was bei einem gereimten Gedicht notwendigerweise der Fall ist), so erreicht der Hauptgedanke und der emotionale Gehalt des Werkes trotzdem den

Leser. Natürlich funktioniert das Original vollständiger beim gleichsprachigen Rezipienten, aber was wüssten wir von den Literaturen in fremden und ausgestorbenen Sprachen, wenn es die Übersetzung nicht gäbe?

Es gibt auch Werke, die sehr schwer zu lesen sind, nicht der Komplexität oder Unverständlichkeit der Sprachen wegen, in denen sie geschrieben sind, sondern aufgrund des Inhalts selbst und des psychologischen Gewichts dessen, worüber gesprochen wird. Ich erinnere mich beispielsweise an das *Buch der Unruhe* des portugiesischen Dichters Fernando Pessoa. Ich habe es in einer Übersetzung in die deutsche Sprache vor über zwanzig Jahren gelesen. Ständig war ich erstaunt über den verblüffenden Scharfsinn der Autoreflexion und die unbarmherzige Ehrlichkeit, in der Pessoa die eigene Seele sezierte, sein „Ich". Ich fragte mich, wie es möglich sei, ein solches Werk über sich selbst zu schreiben, ohne dabei verrückt zu werden? Pessoa war mir früher als einer der ungewöhnlichsten und originellsten Dichter des 20. Jahrhunderts bekannt, der Lyrik unter verschiedenen Namen (Heteronymen) schrieb. Und was die Rezeption seines *Buchs der Unruhe* in den Übersetzungen in andere Sprachen betrifft, denke ich, wird er auch hier seine Kraft offenbaren. Meine Kollegin aus Brasilien wird Pessoa sicherlich leichter lesen als ich, da Portugiesisch auch ihre Sprache ist.

An dieser Stelle werde ich meine persönliche „Theorie" zum Übersetzen von Lyrik anführen, insbesondere von Lyrik in strengen Formen, zum Beispiel Sonetten. Mit Übersetzung beschäftige ich mich selbst schon ziemlich lange, bisher habe ich mehrere Bücher deutscher Dichter übersetzt. Für diese „Theorie" kann ich keinerlei Beweise liefern, sondern nur meine eigenen Vermutungen und Annahmen.

Oft habe ich mich gefragt, wie es möglich sei, ein gereimtes Gedicht zu übersetzen, speziell ein Sonett, in eine andere, völlig divergente Sprache, in der jedes Wort ganz und gar verschiedenartig ist in Bezug auf das Original. Übersetzt man beispielsweise aus dem Persischen ins Deutsche, Französische, Russische oder Arabische beziehungsweise umgekehrt, so muss die Übersetzung (oder Nachdichtung) in größtem Maße treu sein, was den Sinn und die Bedeutung eines jeden Verses im Original angeht, zudem, soweit überhaupt möglich, der Metrik, dem Rhythmus und der Melodie der Originalsprache gehorchen, wie auch dem Reimsystem. Es ist ein großes Wunder für mich, dass es dennoch Übersetzungen von Sonetten gibt, und Übersetzer, denen all das in gutem Maße von der Hand ging. Und dass der Leser in ihnen einen beinahe ebensolchen Lesegenuss erleben kann wie der Leser im Original. Ich finde keine andere Erklärung für die Möglichkeit so erfolgreicher Übersetzungen der anspruchsvollsten poetischen Formen außer der Tatsache, dass die Dichter und ihre Übersetzer der gleichen Gattung intelligenter und sensibler Geschöpfe angehören – der menschlichen Spezies. Durch ihren anthropologischen Kern sind sie die gleichen, fast identischen Wesen. Sie haben die gleichen oder ganz ähnliche Empfindungen, erfreuen sich an allem Schönen, sehnen sich nach Liebe und Glück, fürchten den Tod. Das ist ungefähr der allmenschliche, anthropologische „Hintergrund", der aus den Tiefen der „Muttersprache der Menschheit", aus sprachlichen Urstrukturen, die Übertragung auch einer so anspruchsvollen poetischen Form wie der des Sonetts ermöglicht, aus einer Sprache in eine andere, vollkommen verschiedenartige. Und darin liegt für mich das bereits erwähnte Wunder der Möglichkeiten der Kunst des Übersetzens, beziehungsweise der geheimnisvollen interlingualen Messbarkeit und Übersetzbarkeit. Doch die Kunst des Übersetzens gibt es nicht ohne eine besondere sprachliche Kreativität. Diese Kreativität lassen meist diejenigen Übersetzer erkennen, die auch selbst Dichter sind. Wir könnten sagen, dass solche Übersetzer mit ihren Dichtern das erreichen, was der große kroatische

Dichter Tin Ujević „die Gesichtsbruderschaft im Universum“ nannte.

Ich offenbare den Autoren dieses Buches noch etwas über mich selbst, was Peter schon weiß. In den neunziger Jahren des vergangenen Jahrhunderts war mein Staat Jugoslawien zerstört, und das auf schreckliche Weise – durch einen Bürgerkrieg. Ich war gezwungen, fast neun Jahre im Exil zu verbringen, gerade in Deutschland. Über den Krieg, in welchem aus dem zerstörten Jugoslawien mehrere Staaten und Kleinstaaten entstanden, habe ich einige Bücher geschrieben. In einem Gedicht sagte ich, dass mir die neue zwischenstaatliche Grenze mitten durchs Herz gezogen sei. Das Herz begann zu rebellieren, heftig zu schlagen, der Veränderungen und der deutlich verkleinerten Heimat wegen. Was noch absurder ist, die neuen Grenzen verlaufen durch den gleichen sprachlichen Raum, so dass sich vier gleichsprachige Staaten formiert haben, die statt einer Zusammenarbeit das gegenseitige Misstrauen fördern. Sie pflegen ihren berühmten „Narzissmus kleiner Unterschiede“. Als Schriftsteller arbeite ich mit Kollegen zusammen, die auf der anderen Seite blieben. Wir lassen nicht zu, dass uns Grenzen und Vorurteile zu Feinden machen. Ich bin sicher, dass auch diese Schriftsteller so vorgehen, die, indem sie die Herausforderung eines literarischen Experiments annahmen, ihre Lebensgeschichten in diesem gemeinsamen Buch zusammenstellten.

(Aus dem Serbischen von Cornelia Marks)

Стеван Тонтић

Уз један књижевни експеримент

Свељудски језик поезије

(О томе како поезија ослобађа људе од граница, предрасуда и конвенција, и о превођењу поезије)

О књизи „Трагови животне светлости", Engelsdorfer Verlag, Лајпциг, 2021

Поезија је матерњи језик људског рода.

(Ј. Г. Хаман)

Можда је мисао Јохана Георга Хамана о поезији, коју сам узео за мото овог записа, имао на уму и мој пријатељ Петер Фелкер када је дошао на идеју о једном заједничком, експерименталном књижевном дјелу четворо аутора у којем се преплићу многе кратко описане сцене из живота свакога од њих. Дјело се зове *LebensLichtSpuren*. Од та четири аутора два су женског а два мушког пола, па је у овој књизи дошло и до "експериментални" мушко-женских поетичких и стилских укрштаја. Пошто су се од раније познавали, не вјерујем да је међу њима долазило до било каквих неспоразума, свеједно што су им биографије различите, везане за раздаљене језике и културе. Но, изгледа да се њихове књижевне идеје међусобно привлаче. А ако је поезија матерњи, што значи прапочетни језик човјечанства, онда је она истовремено и језик природно омогућеног, једноставног разумијевања међу људима, језик који надилази све границе међу њима. Могли бисмо рећи – свељудски језик. Али није поезија никакав "есперанто", не повезује људе истим (умјетно конструисаним), већ различитим али преводивим ријечима и метафорама. Или другачије речено: повезује их истим или врло сличним осјећањима која одређени пјеснички текст изазива и у преводима на њихове језике.

Имена и прави идентитети аутора ове књиге откривају се – према њиховој заједничкој замисли - тек на њеном крају, у посебном додатку. Можда ће читалац стварати у машти неке нове, синтетизоване ликове и идентитете писаца, да би тек послије лектире открио оне праве, са земљама из којих потичу: Петер Фелкер (Peter Völker, Њемачка), Нахид Енсафпур (Nahid Ensafpour, Иран), Вивијана де Сантана Пауло (Viviane de Santana Paulo, Бразил) и Ервин Матл (Erwin Matl, Аустрија). Па ако ово хибридно књижевно дјело и не постане свјетска књижевна сензација, чини се да му је, у најмању руку, осигурана занимљивост самог садржаја, композиције и поступка реализације.

Многи су велики и значајни пјесници успијевали да надиђу границе сопствене културе. Надилазили су их ширином и отвореношћу својих схватања, а у дословном смислу захваљујући преводима њихових дјела на стране језике.

Генијални персијски филозоф, суфијски мистик и пјесник Мевлана Џелалудин Руми рекао је, између осталог, и ово: „Ако једна свијећа потпали другу свијећу, неће изгубити ништа од своје свјетлости.“ Захваљујући преводима на многе језике, сам Руми није ништа изгубио, већ је добио на величини и у својој и у страним културама. Свјетска мисао и књижевност веома су се обогатили открivши његово дјело. Читају га и цијене не само Иранци и муслимани, већ и припадници других народа и религија.

Виктор Иго писао је како „област поезије не познаје никакве границе. (…) Поезија је најунутрашњија срж свих ствари.“ Понекад се, у складу са овом Игоовом похвалом, каже да је поезија „со књижевности“. А јело без соли није нарочито укусно.

Познато је да се Гете веома занимао за стране језике и културе. Бавио се и српском народном (епском) поезијом, писао рецензије о њој, а на њемачки је превео познату баладу „Хасанагиница" („Klaggesang der edlen Frauen des Asan Aga"), изворно насталу на српском језику. То је изузетно лијепа а тужна пјесма о једној врло несрећној муслиманској жени из Босне и Херцеговине. Још је познатије његово бављење Оријентом и исламом, о чему посебно свједочи значајно дјело *Западно-источни диван,* настало послије лектире оријенталних пјесама персијског пјесника Хафиза Ширазија. Тако су се преко највећег њемачког пјесника зближавале и плодно укрштале различите културне и духовне традиције. Гете је знао да ниједан национални језик, и ниједна култура, не садрже сву могућу мудрост човјечанства – стога је увијек добродошло међусобно упознавање и зближавање.

Поезија свакако најпотпуније живи у језику у којем је настала, ту дише пуним плућима, али живи и у добрим преводима/препјевима на стране језике. Тако шири концентричне кругове око свог средишта, превазилазећи границе између различитих језика и култура. Највеће кругове у свом ширењу постигли су велики свјетски пјесници, они без којих је и гетеовска „свјетска књижевност" тешко замислива. Ти највећи, готово свеобухватни кругови распростирања поезије обликовали су се око имена Хомера и Пиндара, Ли таи Поа, Вергилија и Овидија, Хајама, Румија и Хафиза, Дантеа, Вијона, Шекспира и Милтона, Гетеа и Хелдерлина, Пушкина, Мицкјевича и Његоша, Витмана и Дикинсонове, Бодлера и Рембоа… Па онда Кавафија, Рилкеа, Валерија и Елиота, Мандељштама, Пастернака и Цветајеве, Лорке, Неруде, Борхеса и других корифеја свјетске поезије. Велико поетско значење имају и народни (усмени) спјевови, као што су *Махабхарата*, *Калевела*, *Пјесма о Нибелунзима*, *Слово о пуку Игорову*, или српске јуначке пјесме. Све те пјесме и спјевови носе обиљежја поднебља, народа и језика у којима су настали, али истовремено надилазе та одређења својим универзалним духом и схватањем људске судбине. Као матерњи језик човјечанства, поезија је израз човјекове генеричке суштине. А тиме што људи свих боја коже, свих народа, језика и вјера, припадају врсти homo sapiens-a, они тиме неминовно дијеле и сва битна својства те врсте. Што такође значи да се сви међусобно могу разумјети, макар и уз преводилачко посредовање. И када се потруде да упознају и прихвате нешто ново и другачије.

Додуше, један од највећих њемачких пјесника 20. вијека, Готфрид Бен, тврдио је да је поезија управо оно што се не може превести. То је један радикалан исказ. Свакако да постоје непреводиви језички изрази и језичке игре, тешко преводиве или непреводиве пјесме појединих аутора крајње особеног начина изражавања. Такав је, на примјер један други њемачки пјесник источноевропског јеврејског поријекла, Паул Целан, који је писао врло херметичну, тешко разумљиву поезију. Па ипак, његова „Фуга смрти" преведена је на многе језике и свуда је доживљена као велика поезија о холокаусту.

Мислим да се готово свако добро књижевно дјело, било да је поезија у везаном или слободном стиху, или лирска, приповједна и есејистичка проза, ипак може пренијети у други језик. Ако се понешто у преводу и изгуби (што је код римоване пјесме неминовно), главни мисаони и емотивни набој дјела ипак ће доћи до читаоца. Наравно, потпуније дјелује сам оригинал на истојезичног реципијента, али шта бисмо уопште знали о књижевностима на страним и изумрлим језицима, да нема превода?

Постоје и дјела која су врло тешка за читање, не због сложености или неразумљивости језика којим су написана, већ због саме садржине и психолошке тежине онога о чему говоре. Сјећам се, на примјер, *Књиге неспокоја* португалског пјесника Фернанда Песое. Читао сам је у преводу на њемачки језик прије више од двадесет година. Непрестано сам се чудио запањујућој продорности ауторефлексије и несмиљеној искрености с којом је Песоа сецирао сопствену душу, или своје „ја“. Питао сам се како је могуће написати овакво дјело о самом себи а да не полудиш? Песоа ми је одраније био познат као један од најнеобичнијих и најоригиналнијих пјесника 20. стољећа, који је поезију писао под разним именима (хетеронимима). А што се рецепције његове *Књиге неспокоја* у преводима на стране језике тиче, мислим да ће и ту показати своју снагу. Колегиница из Бразила свакако ће Песоу читати лакше него ја, будући да је португалски и њен језик.

Овдје ћу изнијети једну своју личну „теорију“ о превођењу поезије, особито поезије строгих форми, на примјер сонета. Превођењем се и сам бавим већ прилично дуго, и до сад сам превео више књига њемачких пјесника. За ову „теорију“ не могу пружити никакве доказе, већ само сопствене слутње и претпоставке.

Често сам се питао како је могуће превести римовану пјесму, посебно сонет, с једног на други, потпуно другачији језик, у којем је свака ријеч сасвим различита у односу на ријеч оригинала. Преводи се, рецимо, са персијског на њемачки, француски, руски или арапски језик, односно – обрнуто. При томе, превод (или препјев) мора да буде у највећој мјери вјеран смислу и значењу сваког стиха у оригиналу, затим да, колико је уопште могуће, испоштује метрику, ритам и мелодију изворног језика као и систем римовања. За мене је дивно чудо што ипак постоје преводи сонета и преводиоци којима је све то, у доброј мјери, пошло за руком. И у којима читалац може да ужива готово као и читалац оригинала. Не налазим друго објашњење за могућност тако успјешних превода најзахтјевнијих поетских форми осим у чињеници да и пјесник и његови преводиоци припадају истој врсти интелигентних и сензибилних створења – људској врсти. По својој антрополошкој суштини они су иста, готово идентична бића. Имају иста или посве слична осјећања, радују се свему лијепом, чезну за љубављу и срећом, страхују од смрти. То је отприлике свељудска антрополошка „позадина“ која, из дубина „матерњег језика људског рода“, из језичких праструктура, омогућава преношење и тако захтјевног поетског облика као што је сонет из једног језика у други, сасвим различит језик. И у томе за мене лежи поменуто дивно чудо могућности преводилачке умјетности, односно тајанствене међујезичке самјерљивости и преводивости. А преводилачке умјетности нема без изузетне језичке креативности. Такву креативност највише показују преводиоци који су и сами пјесници. Могли бисмо рећи да такви преводиоци остварују са својим пјесницима оно што је велики хрватски пјесник Тин Ујевић назвао „побратимством лица у свемиру“.

Ауторима заједничке књиге откривћу још нешто о себи, што Петер већ зна. Деведестих година минулог вијека разорена је моја држава Југославије, и то још на ужасан начин – грађанским ратом. Био сам принуђен да близу девет година проведем у егзилу, управо у Њемачкој. О рату у којем је из разорене Југославије настало више држава и државица, написао сам неколико књига. У једној пјесми рекао сам да ми је нова међудржавна граница „повучена посред срца“. Срце је почело да се буни, да лупа, због промјене и битног умањења домовине. Што је још апсурдније, границе су повучене кроз исти језички простор, тако да су формиране и четири истојезичне државне творевине, које умјесто сарадње његују међусобно неповјерење. Његују свој чувени „нарцизам малих разлика“. Као писац сарађујем са колегама који су остали с друге стране. Не допуштамо да нас границе и предрасуде чине непријатељима.

Сигуран сам да би тако поступили и писци који су, прихвативши изазов књижевног експеримента, своје животне приче здружили у овој заједничкој књизи.

Stevan Tontić, geb. 1946 in Sanski Most (Bosnien), lebte als Schriftsteller und Übersetzer aus dem Deutschen in Sarajevo, wo er Philosophie studierte und danach als Verlagslektor arbeitete. Bis zu seinem Tod 2022 lebte er in Novi Sad, Serbien. Der Autor gehört zu den wichtigsten serbischen Dichtern der Gegenwart. Er hat dreizehn Lyrikbände, einen Roman und ein Reiseprosa-Buch veröffentlicht. Mehrere Jahre (1993 – 2001) hat er im deutschen Exil verbracht. Seine Lyrik (insbesondere *Handschrift aus Sarajevo*) wurde in zahlreiche Sprachen übersetzt, er erhielt mehrere Literaturpreise, so in Deutschland den „Horst-Bienek-Förderpreis" der Bayerischen Akademie der Schönen Künste, den Preis „Literatur im Exil" der Stadt Heidelberg und den „Reiner-Kunze-Preis" sowie etliche bedeutende Literaturpreise in Jugoslawien bis zu dessen Zerfall und später in Serbien. Sein neuestes Buch in deutscher Sprache *Der tägliche Weltuntergang* (ausgewählte Gedichte) ist beim Drava Verlag in Klagenfurt 2015 erschienen.

Стеван Тонтић рођен је 1946 у Санском Мосту (Босна), живео је као писац и преводилац у Сарајеву, где је студирао филозофију, а затим радио као лектор у издавачкој кући *Свјетлост*. До смрти 2022 живео је у Новом Саду (Србија). Аутор спада у најважније садашње српске песнике. Он је објавио тринаест књига песама, један роман и један путопис у прози. Од 1993 до 2001 године провео је као избеглица у Немачкој. Његова лирика, поготову *Сарајевски рукопис*, преведена је на више страних језика; добитник је више награда за литературу, као што су у Немачкој Хорст-Бинек-подстицајна награда за литературу Баварске Академије лепих уметности, „Литература у егзилу" града Хајделберга, награда Рајнер Кунце, као и бројне значајне књижевне награде у Југославији до њеног распада а затим у Србији. Његова последња књига на немачком изашла је 2015 у издавачкој кући *Drava Verlag* у Клагенфурту под насловом *Der tägliche Weltuntergang* (*Свакодневни смак свијета*).

Danksagung

Unvergessen wird mir bleiben, dass Stevan an der Übertragung meiner Gedichte in die serbische Sprache bis kurz vor seinem Tod gearbeitet hat. Dies berührt mich tief und erfüllt mich gleichermaßen mit Freude und Dankbarkeit. Es war sein letztes Übersetzungswerk. Mein besonderer Dank gilt auch Vladja Bakić-Milić für die persönliche, sprachliche und organisatorische Hilfe beim Zustandekommen des Buches. Ebenso bedanke ich mich bei Bisera Boskailo für die Übersetzung einzelner Texte und bei Sabine Fahl und Zlatomir Popović für Übersetzungen und für die Unterstützung bei der Fertigstellung des serbisch-deutschen Manuskripts. Bedanken möchte ich mich auch bei der serbischen Kulturinstitution „Brankovo kolo“ in Sremski Karlovci für die Einladung und Gastfreundschaft anlässlich ihres 50jährigen Jubiläums im September 2021.

Peter Völker

Захвалност

Остаће ми у сећању да је Стеван Тонтић до смрти преводио моје песме на српски језик. То ме је дубоко дирнуло и испуњава ме радошћу и захвалношћу. Тај превод је био његов последњи рад. Посебно сам захвалан и Влађи Бакић-Милић за њено лично заузимање око издавања моје књиге као и за језичку и организациону помоћ коју ми је указала. Уз то се захваљујем и Бисери Боскајло што је превела неке текстове. Захвалан сам Сабини Фал и Златомиру Поповићу за преводе и указану ми подршку око завршетка рада на српско-немачком манускрипту. Желим да се захвалим и организатору културне манифестације „Бранково коло“ у Сремским Карловцима за позив и указано ми гостопримство на 50. јубиларној манифестацији „Бранковог кола“ одржаној септембра 2021.

Петер Фелкер

In der Poesie eine Sprache zu erleben, die alle Grenzen, Vorurteile und Konventionen zwischen Menschen überwindet, war ein Grundprinzip von Stevan Tontić. Wie sehr fehlen uns auf unserem Planeten Menschen, die Sehnsucht nach dieser einen gemeinsamen Muttersprache haben.

Erwin Matl, Koautor des gemeinsamen Buches „LebensLichtSpuren", Engelsdorfer Verlag, 2021

Доживети у поезији говор који надилази све границе, предрасуде и конвенције међу људима, био је темељни принцип Стевана Тонтића. Колико нам само недостају људи на нашој планети који жуде за овим заједничким матерњим језиком.

Ервин Матл, коаутор заједничке књиге „Трагови животне светлости", Engelsdorfer Verlag, 2021.

Peter Völker wurde 1949 in Gründau-Rothenbergen geboren. Nach einer Ausbildung zum Speditionskaufmann arbeitete er in allen Zweigen der Verkehrswirtschaft. Als Reedereikaufmann in Hamburg wechselte er Anfang der 80er Jahre zum Deutschen Verkehrsverlag, wo er zwei Jahre als verantwortlicher Redakteur für Außenwirtschaft und Verkehr schrieb und redigierte. In dieser Zeit hatte er Kontakt zur Hamburger Werkstatt des Werkkreises Literatur der Arbeitswelt. Von 1982 bis 1989 war er verantwortlicher Redakteur für Europapolitik bei der Nachrichtenagentur Vereinigte Wirtschaftsdienste (vwd) in Eschborn. Ende der 80er Jahre wurde er Mitherausgeber des alternativen Magazins „Neue Hanauer Zeitung" (nhz). 1993 gründete er zusammen mit politischen Freunden den Solidaritätsfonds demokratische Medien in der Welt e.V., Stuttgart, der weltweit unabhängige Medien- und Kunstprojekte unterstützt. Seit November

1989 bis März 2007 war er Bundesgeschäftsführer für den Medien- und Filmbereich beim Bundesvorstand von Ver.di (vormals IG Medien) in Berlin. In dieser Eigenschaft verfasste er mehrere Buchbeiträge zur Zukunft der Medien. Viele Jahre war er im Vorstand des Kunstvereins Meerholz und organisierte zahlreiche Kunstveranstaltungen und Kunstwochen zu Ländern sowie dialogische Kunstprojekte. Er ist deutscher Botschafter des Weltlyrikverbandes Liceo Poetico de Benidorm.

In den letzten Jahren veröffentlichte er mehre Gedichtbände, drei Lyrikzyklen zur griechischen Mythologie, drei Kinderbücher, zwei Romane und eine Novelle sowie ein Buch über die Geschichte seines Heimatdorfes. Viele seiner Gedichte und die Novelle wurden in mehrere Sprachen übersetzt. Sein Gedichtband „Agamemnon und Kassandra in Lakonien“ erschien 2008 in serbischer Sprache in Banja Luka und wurde 2012 in deutscher, rumänischer, griechischer und serbischer Sprache herausgegeben. Im Jahr 2013 wurde der Autor für dieses Werk im Rahmen eines Welt-Poesiefestivals von der Internationalen Kulturakademie Orient-Occident mit Sitz in Rumänien mit dem „Prix d'Excellence“ für Poesie ausgezeichnet. Weitere Informationen: www.petervoelker.de.

Inhalt

Садржај